TEO
en el parque acuático

timunmas

Teo y su familia han decidido pasar el día en un parque acuático.

—Clara, ¿tú crees que también nos regalarán una visera? —pregunta Teo a su prima.

AQUA CHAP

En los vestuarios, la madre de Pablo le dice:
—Venga, ven a ponerte el bañador y las zapatillas de goma y guarda tus cosas en tu casilla.

27
OUT
30 31

Primero se dirigen al tobogán múltiple.
—¡Apartaos todos, que allá voy...! —chilla Teo mientras se desliza por el tobogán—. ¡Guayyy!

—Teo, ¿has visto este cocodrilo tan divertido?
¿Me lo puedo llevar a la piscina grande?
—No, Pablo. Los animales hinchables no se pueden sacar de aquí.

AIRXO
1
2
3

«¡Brrrmmm, brrrmmm!», hacen las lanchas en la piscina.
—¡Cuidado, Pedro, que chocamos!
—exclama Clara.

La madre de Teo y el abuelo también se han animado a bajar por el tobogán gigante.
—¡No tengáis miedo! —les grita Teo, entusiasmado.

—¡Qué divertido es jugar con las olas!
—se ríe Clara—. ¡Ay, que me caigo!

Ha llegado el momento de tomarse un descanso. Teo y Clara lo aprovechan para jugar a las cartas con el abuelo.

—¡Qué duchas más originales! —exclama Teo—. ¡Unas van de arriba abajo y otras, de abajo arriba!

—¡Oh! Aquí sí que se está bien —dice Clara, cómodamente sentada.
Pablo intenta subirse a uno de los sillones hinchables, que parece muy cómodo.
—¡Éste es mío! —protesta una niña.

«Piii», suena el silbato del árbitro.
—A ver cuántos sombreros no se han caído todavía —grita el árbitro.

Los niños están un poco cansados
de estar tanto rato en el agua y
han decidido jugar en el parque
y comprarse un helado.
—Yo lo prefiero de chocolate
y pistacho —dice Teo.

A C
A B C

Están todos tan agotados que se han sentado
a ver el espectáculo de los payasos en la piscina.
«¡Vaya pirueta! —piensa Teo, entusiasmado—.
A mí también me gustaría saber hacerla.»
—Di «adiós», Pablo, que ha llegado el momento
de cambiarnos e irnos a casa —le dice su madre—.
Otro día volveremos.

GUÍA DIDÁCTICA

Teo descubre el mundo es una colección de libros que pretende entretener al niño al tiempo que estimula su curiosidad y desarrolla su capacidad de observación, así como sus hábitos cotidianos y de relación. En función de la edad del niño se pueden hacer distintas lecturas. En el caso de los más pequeños la lectura será más descriptiva, nombrando los objetos y los personajes de cada ilustración, y si son un poco mayores podemos ir siguiendo el hilo de la historia. El objetivo final de esta guía es que sean capaces de relacionar lo que ven en los libros con su propio entorno, de este modo conseguiremos convertir el libro en una herramienta didáctica que sirve para disfrutar y aprender de una forma lúdica.

Teo en el parque acuático permite hablar de lo que hay que tener en cuenta cuando se pasa el día al aire libre, bajo el sol y en contacto con el agua, de lo que debemos llevar para protegernos del sol, de la higiene, de la alimentación ligera o del descanso. Se puede introducir el tema del civismo, desde la perspectiva de la importancia de seguir las normas establecidas en los espacios públicos. ¡Que os lo paséis bien con Teo!

1 · ¡Vamos a pasar el día en un parque acuático!:
Teo y su familia llegan al parque acuático. Va a ser un día muy divertido. Hacen un poco de cola para comprar las entradas. También recogen un plano del parque y un folleto con las normas e instrucciones del recinto. Teo está seguro de que le van a dar una gorra a cada uno. Esta ilustración nos permite hablar de lo que debemos llevar para pasar un día en un parque acuático y de la importancia de ir bien protegidos con crema solar.
¿Te gusta ir a la piscina? ¿Y a un parque acuático? ¿Qué crees que tienes que llevar para ir a nadar?

2 · En los vestuarios nos cambiamos:
Lo primero que tenemos que hacer es ir a los vestuarios para ponernos el bañador y dejar la ropa de calle. Teo lleva el bañador y la toalla en su mochila. La madre de Pablo ya está preparada y ahora es Pablo quien debe ponerse el bañador. La ropa de calle hay que dejarla bien ordenada. A través de esta ilustración podemos hablar del orden necesario para después encontrarlo todo sin problemas. También se puede hablar de las normas de higiene que hay seguir en una piscina.
En la ilustración, ¿quién lleva un flotador? ¿Qué se ponen los niños para ir a la piscina? Y tú, cuando te quitas la ropa, ¿la dejas ordenada?

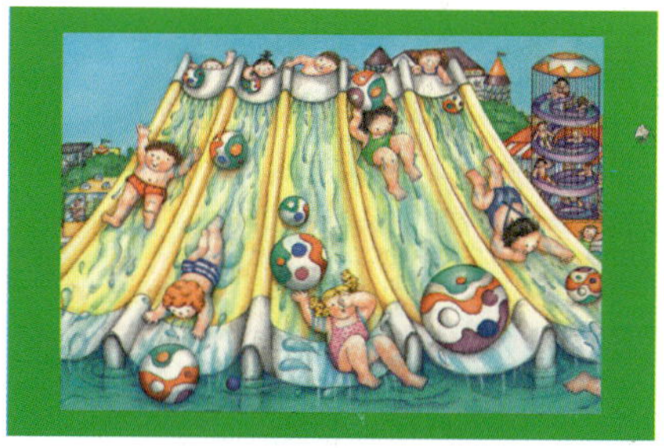

3 · A divertirse primero en el tobogán múltiple:
Teo se tira de barriga por el tobogán con una pelota de plástico. ¡Esto sí que es divertido! Clara ya está al final del tobogán, a punto de llegar a la piscina, y se tapa la nariz para que no le entre agua. El parque está lleno de gente pasándoselo bien. Esta ilustración puede servir para hablar de la importancia de seguir las normas para que nadie se haga daño.
¿Cuántos niños y niñas se están tirando por el tobogán? ¿Te has tirado alguna vez por un tobogán parecido? ¿Qué debes hacer si hay niños esperando para tirarse por el tobogán?

4 · En la piscina con muñecos:
Ahora toca jugar con los muñecos de plástico. Esta piscina es perfecta para los más pequeños, que no saben nadar. Los animales tienen formas y colores muy divertidos. Pablo se lo está pasando tan bien que quiere llevarse un animal, y Teo le explica que los animales no se pueden sacar de la piscina. Esta ilustración permite hablar de las piscinas destinadas a los pequeños que no saben nadar.
¿Qué animales son los muñecos? ¿Por qué crees que Teo no está dentro de la piscina?

5 · Ahora, a las lanchas hinchables:
Teo y los demás conducen unas lanchas de plástico que son como autos de choque pero en el agua. En el centro de la piscina, unos surtidores de agua les van mojando todo el rato. Clara y Pedro están a punto de chocar, y lo encuentran muy divertido. No es necesario saber conducir, aquí lo divertido es chocar unos contra otros. Esta ilustración permite hablar de los transportes marítimos.
¿Te gustaría conducir una lancha como éstas? ¿Has ido alguna vez en una barca de verdad?